某個晚上，在深夜時分，

當所有人都沉沉的睡著時，

歐提拉終於逃跑了！

中歐提洛爾民間故事

文、圖 雍·卡拉森 　　 譯 張淑瓊

女孩與
頭骨先生

第一段故事

森林

黑夜

房子

歐提拉不停的往前跑，

她穿過樹林、爬過山丘，

她跑了好久，

整晚沒有停下腳步。

歐提拉從小在這座森林裡長大，

可是，跑了一段時間，

那些樹林看起來開始不太一樣。

樹和樹之間越靠越近。

歐提拉沒有停下腳步。

跑著跑著，歐提拉開始聽到

呼喚她名字的聲音，

她分不清到底是有人在叫她，

還是耳邊的風聲。

「歐提拉啊⋯⋯」

「歐提拉啊⋯⋯⋯⋯」

「歐提拉啊⋯⋯⋯⋯」

「歐提拉──」

突然，歐提拉被掉落的樹枝絆倒，

重重的跌在雪地裡。

她沒有立刻爬起來。她再也跑不動了。

她試著想尋找那個呼喚她的聲音，

不過，沒有聽到任何聲音。

歐提拉俯臥在雪地，黑暗中，

靜默無聲，她流下眼淚。

當淚水止息，她起身繼續前進，

突然，不再看到樹木了，

她穿出了森林，眼前是開闊的野地。

在她前方不遠處，

有一棟巨大又古老的房子。

歐提拉走到房子那裡，

這棟房子看起來像廢棄了一樣，不過，

當她試著開門的時候，門卻上鎖了。

她用力的敲門，想確認裡面是否有人，

但沒有人來應門。

「有人在嗎？」她大聲喊。

「你好！」有人回應。

歐提拉抬頭往上尋找聲音的來源。

在大門上方有一扇窗。

她看到一顆頭骨正在看她。

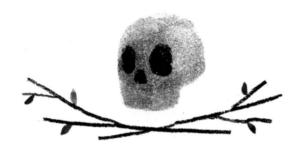

第二段故事

頭骨

房間

跳舞

頭骨稍微移動一下位置，好看清楚一點。

「你好！」他又說了一次。

「你好！」歐提拉回答：

「我叫歐提拉，我正在逃亡，

　我需要躲藏和休息的地方。」

　頭骨聽完，沉默了一會兒，

　然後他說：

「我會下去開門讓你進來。

　不過，你得答應我，

　等一下要抱我回來這裡，

　我只是顆頭骨，要滾動移位

　對我來說不是那麼容易。」

　歐提拉沉默了一會兒，

　然後她說：「好！」

頭骨離開窗戶，

歐提拉在門外等候。

她等了一陣子，

四周非常安靜。

然後，她聽到門裡有一些細微的摩擦聲，

門閂轉動，大門往外推擠開積雪，

出現了一道縫隙。

頭骨把門推得更開一點，

「謝謝！」歐提拉說。

「不客氣！」頭骨說。

歐提拉抱起頭骨，她從來沒有抱過一顆頭骨。

「請進！」頭骨說：「我帶你參觀這棟房子。」

「好！」歐提拉說。

他們走進大廳，

「這是棟很好的房子！」歐提拉說。

「是的，」頭骨說：「我一直很喜歡這裡。」

「你在這裡住很久了嗎？」歐提拉問。

「是的。」頭骨說。

他們到了另一個房間。

「這是壁爐間，」頭骨說：

「晚上我會來這裡，坐在爐火邊喝茶。」

「你能自己泡茶？」歐提拉問。

「不，再也不能了。」頭骨說。

「你能自己升火嗎？」歐提拉問。

「不能。」頭骨說。

他們靜默了一下。

「畫裡的人是你嗎？」歐提拉問。

「是以前的我。」頭骨說。

他們來到溫室花園房。

「喔，我喜歡這個房間。」歐提拉說。

「這也是我最喜愛的房間！」頭骨說。

「你能吃這些梨子嗎？」歐提拉問。

「我只能吃掉在地上的，但吃不到果樹上

那些美味的梨子。」頭骨說。

「我來摘一顆給你。」歐提拉說。

她拿了一顆梨子給頭骨，他咬了一口，

那一塊梨子通過他的嘴巴，掉到地上。

「喔，真好吃！」頭骨說：「謝謝！」

他們走到一間牆上掛了許多面具的房間。

「這些面具是用來做什麼的？」歐提拉問。

「是我以前收藏的面具。」頭骨回答。

「你可以戴上面具嗎？」歐提拉問。

「它們只是展示用，」頭骨說：

「你不應該把面具拿來戴。」

他們下到地下樓層。

「這是什麼地方？」歐提拉問。

「這是地牢。」頭骨回答：「現在這裡沒有人。」

「這是什麼洞？」歐提拉問。

「這是個沒有盡頭的無底洞。」頭骨說。

歐提拉把她吃剩的梨子核丟了下去，
然後等待著，沒有聽到任何聲音。
「你想看看塔樓嗎？」頭骨問。
「好。」歐提拉說。

他們拾階而上，爬到塔樓。

「還有其他人知道有這棟房子嗎？」歐提拉問。

「沒有。」頭骨說：「這麼多年來，

　你是第一個發現這棟房子的人。」

他們到了塔頂，走到戶外的陽臺上，

「從這裡望向四周，可以一覽無遺。」頭骨說。

「好美啊！」歐提拉說。

「小心！」頭骨說：「牆不是很高，

掉下去的話，會一路掉到最底下。」

他們望向遠處的樹林。

「你說你是逃走的。」頭骨問。

「是的。」歐提拉說。

「你不希望他們找到你。」

「是的，」歐提拉說：「我不希望。」

頭骨停下來等待，

或許歐提拉會想再多說一些，

但她沒有再說什麼。

「我了解了。」頭骨說。

然後他說：「還有一間很大的房間，

我還沒有帶你去看。」

「有多大？」歐提拉問。

「這是我看過最大的房間了。」歐提拉說。

「這是宴會廳。」頭骨說，「是開舞會的地方，以前這裡常常舉辦舞會。」

「我參加過一次舞會。」歐提拉說，「不過，那個跳舞的房間不像這一間。我真的很喜歡跳舞。」

「我很愛跳舞。」頭骨說。

歐提拉重新戴上面具。

她領著頭骨走到舞池的中間，托著他，兩人面對面。

「您不介意與我共舞吧,先生?」歐提拉說。

「女士,請!」頭骨回答。

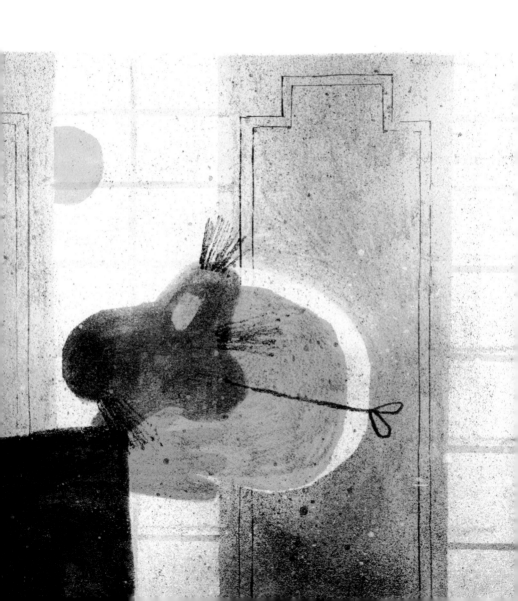

他們一起跳舞，

一直跳舞，

跳個不停，

直到天色變暗。

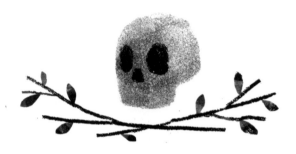

第三段故事

祕密

臥房

無頭的枯骨架

當天色暗下來，歐提拉在壁爐房升起爐火，泡了茶。

「請給我一杯茶，謝謝！」頭骨說。

歐提拉拿起茶杯，倒了一點茶到他口中。

茶水通過他的嘴巴，流到椅子上。

「喔！香醇又溫熱！」頭骨說：「謝謝！」

「如果你想要的話，晚上可以待在這裡。」頭骨說。

「我非常希望。」歐提拉說。

「有一件事我必須告訴你。」頭骨說。

歐提拉放下了茶杯。

「有一個枯乾的骨架會到這裡來，

到這個房子裡。」頭骨說。

「它是一個沒有頭的枯骨架，

它會在房子裡到處繞行尋找我。

當它找到我，就會來抓我。」

「你有沒有被它抓到過？」歐提拉問。

「沒有。」頭骨平靜的說：「不過，

我的動作不像以前那麼快了。」

　　歐提拉定睛看著頭骨。

「你不想讓它抓到，對吧！」

「是！」頭骨小聲的說：「我不想。」

「它今晚會來嗎？」歐提拉問。

　頭骨凝視著壁爐的火焰，

「它每天晚上都會來。」他說。

歐提拉也看著爐火，

「我知道了。」她回答。

她一直望著爐火，心裡開始思考一些事情。

睡覺的時間到了，

頭骨帶著歐提拉到一間房間。

那是一間很好的房間。

有一張又大又舒服的床，

和幾件可以給歐提拉穿的睡衣。

歐提拉喜歡那些睡衣。

「我們得趕快休息一下。」頭骨說：

「枯骨架不久就會來了。」

歐提拉吹熄了蠟燭。

他們睡得又沉又安穩，睡了好久。

整棟房子又暗又安靜，直到接近半夜的時候……

有一個沒有頭的枯骨架推開房間的門，

從枯骨架胸口的某個地方發出聲音。

但那聲音只哭喊一件事：

「給——我——那——顆——頭——骨！

我——要——那——顆——頭——骨！」

枯骨架跑進房間裡，

它的動作比歐提拉預期的還要快，

她只趕在枯骨架抓住前一刻抱住頭骨。

枯骨架用力拉著頭骨，想從歐提拉手中搶過來。

但是歐提拉緊緊抱著頭骨，絕不放手。

終於，她救回了頭骨。

她從枯骨架旁邊溜走，

跑向房門。

「給──我──那──顆──頭──骨！」

「我──要──那──顆──頭──骨！」

「給──我──那──顆──頭──骨！」

「我——要——那——顆——頭——骨！」

「給──我──那──顆──頭──骨！」

「我——要——那——顆⋯⋯」

他們看著枯骨架掉落到黑暗中，

直到聽到它落下，

骨頭撞擊地面的響聲。

他們又聽了一會兒，不過，

之後就再也沒有聽到任何聲音了。

「好了！」歐提拉說：「該去睡覺了。」

歐提拉靜靜的抱著頭骨回到臥房。

她把頭骨放在枕頭上，蓋上了毯子，

然後，她穿上外套。

「你不要也睡一下嗎？」頭骨說。

「先等等，」歐提拉拍拍頭骨說：「我很快回來。」

她吹熄了燭火，輕聲帶上房門。

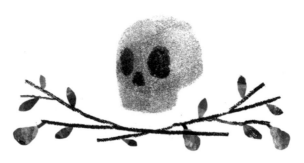

第四段故事

枯骨

火焰

無底洞

歐提拉走到廚房，找到一個水桶、
一只茶壺，裡面放了些茶葉、
一個茶杯和一根擀麵棍。

然後，她走進黑夜中，慢慢小心的
爬到剛剛枯骨架掉落的地方。

當她到了底下，

她發現枯骨散落一地。

她把枯骨撿到水桶裡。

她找齊了每一根骨頭。

歐提拉提著整桶的骨頭，走到一顆大石頭旁邊，

她拿出一根骨頭，放在石頭上，

然後，拿出擀麵棍，雙手拿著高舉過頭，

用力敲碎那根骨頭。

她不停的敲了又敲，

她把那根骨頭敲碎成細細小小的碎片，

直到完全粉碎為止。

然後，她又拿起另一根骨頭，繼續敲打，

直到把所有的骨頭都敲得粉碎。

接著，歐提拉升起柴火，

她讓火燒得又猛又烈，

她融化了一些雪在茶壺裡，

讓茶壺靠近火堆邊，泡起茶來。

然後，她把敲碎的骨頭全都丟到火堆裡。

她倒了些茶到杯子裡，

邊喝茶邊看著骨頭碎片燒成灰燼。

等火熄滅了之後，她把灰燼全都收集到水桶裡，

再爬回山丘上，回到房子裡。

她走到地牢，把整個水桶丟到深不見底的洞裡。

她看著水桶掉到黑暗中，側耳靜聽，

沒有聽到任何聲音。

然後，她爬上樓，躺回床上。

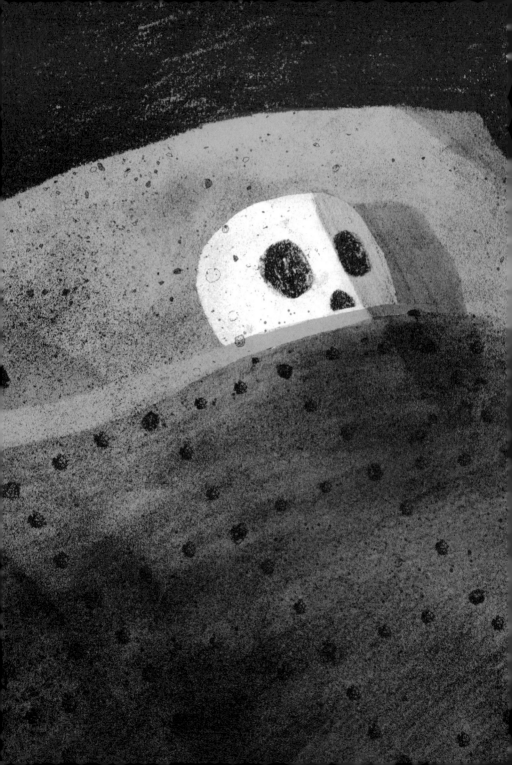

第五段故事

早餐

到了早上，歐提拉和頭骨一起吃早餐，

歐提拉泡了茶，從果樹上摘了梨子，

「我很抱歉，昨天晚上實在太驚嚇了。」頭骨說。

歐提拉微笑著，她輕輕的拍拍頭骨。

「都結束了，沒事了！」她說。

「謝謝你幫助我！」頭骨說。

「別客氣。」歐提拉說。

「不知道枯骨架會不會再回來？」頭骨說。

歐提拉切開一顆梨子。

「不會。」她說。

頭骨看著窗外，

「外面是好天氣呢！」他說。

「你想出去走走嗎？」

他們一起出外散步。

外面的天氣很好。

歐提拉停下來餵頭骨吃一片梨子。

梨子穿過他的嘴巴掉到拖板的邊緣。

「謝謝！」頭骨說。他又吃了一塊。

「你知道嗎？」他邊說邊嚼著梨子，

「如果你願意的話，可以和我一起留在這裡。」

「你希望我留下來嗎？」歐提拉問。

「是的，」頭骨回答：「我希望！」

「好！」歐提拉回答。

故事

結束

作者後記

我在阿拉斯加一間圖書館看到這個故事。當時我在圖書館裡有一場分享，在活動之前，我先瀏覽了書架上擺的書。我從架上抽出一本民間故事集，從目錄頁上找到一篇標題寫著〈頭骨〉的故事，我覺得這個標題挺好的。我站著讀完了故事，然後把書放回架上，回去完成了分享會，然後離開那間圖書館。

在返家的飛機上，我想起了這個故事。回家後繼續想著，接下來的一年中間，腦中時不時會想起這個故事。最後，我想我也許應該再讀一下整個故事。

我不記得那一本民間故事的書名，於是我寫訊息去阿拉斯加的那間圖書館，跟館員詢問那本有頭骨故事的書。他們找到書，並且寄來給我。圖書館員這種找書的功力實在令人佩服。

不過，當我拿到書，坐下來再次閱讀時，我大受衝擊！那不是我腦中記得的故事，一年多來，我的大腦改寫了這個故事卻沒有告訴我。從阿拉斯加來的這本書裡，歐提拉贏過枯骨架的方式只是努力不讓頭骨被枯骨架拉走。直到清晨，當陽光穿透窗戶照射進來，他們身上的咒語失效了，枯骨架消失了，而頭骨化身成為一位穿著白衣的美麗女士。他們所在的城堡裡充滿了各種給孩子玩的好東西，穿白衣的女士把這一切都給了歐提拉，然後她也消失不見了。

這些部分我一點也不記得。我的大腦大幅竄改了故事的結尾，它這邊改改、那邊調調，直到結尾，它改變了你手上這本書原來的故事。我喜歡我的大腦修改的這個新版本。

我們的大腦如此處理故事的方法非常有意思。如果你讀了這個故事，然後把書放回架上，一年之後，當有人問起你這個故事在說什麼的時候，同樣的事也會發生：你會跟他們說一個不太一樣的故事，也許是一個你的大腦覺得比較好的版本。

我喜歡民間故事，因為這就是民間故事應該有的樣子，這些故事就是會改變成說故事的人想講的內容，你不會找到兩個完全相同的故事。我希望你喜歡我腦袋產出的這個版本。

出版品預行編目 (CIP) 資料

女孩與頭骨先生 / 雍·卡拉森 (Jon Klassen)
文.圖 ; 張淑瓊譯. -- 第一版. -- 臺北市：
親子天下股份有限公司, 2024.10
112面 ; 15.2x20.3公分
譯自 : The Skull
ISBN 978-626-305-693-0（精裝）

885.3596

113000477

獻給 以撒

少年天下 093

女孩與頭骨先生

文·圖｜雍·卡拉森（Jon Klassen）　譯｜張淑瓊

責任編輯｜李幼婷、江乃欣　特約編輯｜熊君君　美術設計｜林子晴　行銷企劃｜葉怡伶
天下雜誌群創辦人｜殷允芃　董事長兼執行長｜何琦瑜
媒體暨產品事業群
總經理｜游玉雪　副總經理｜林彥傑　總編輯｜林欣靜
行銷總監｜林育菁　主編｜李幼婷　版權主任｜何晨瑋、黃微真

出版者｜親子天下股份有限公司　地址｜台北市104建國北路一段96號4樓
電話｜（02）2509-2800　傳真｜（02）2509-2462　網址｜www.parenting.com.tw
讀者服務專線｜（02）2662-0332　週一～週五：09:00~17:30
傳真｜（02）2662-6048　客服信箱｜parenting@cw.com.tw
法律顧問｜台英國際商務法律事務所·羅明通律師
總經銷｜大和圖書有限公司　電話：（02）8990-2588

出版日期｜2024年10月第一版第一次印行　定價｜500元　書號｜BKKNF086P　ISBN｜978-626-305-693-0（精裝）

────── 訂購服務 ──────
親子天下Shopping｜shopping.parenting.com.tw　海外·大量訂購｜parenting@cw.com.tw
書香花園｜台北市建國北路二段6巷11號　電話（02）2506-1635　劃撥帳號｜50331356　親子天下股份有限公司

立即購買 >